KB161999

푸른사상
시선

113

새점을 치는 저녁

주영국 시집

푸른사상
PRUNSASANG

푸른사상 시선 113

새점을 치는 저녁

인쇄 · 2019년 10월 28일 | 발행 · 2019년 10월 31일

지은이 · 주영국
펴낸이 · 한봉숙
펴낸곳 · 푸른사상사

주간 · 맹문재 | 편집 · 지순이, 김수란 | 마케팅 · 김두천
등록 · 1999년 7월 8일 제2-2876호
주소 · 경기도 파주시 회동길 337-16(서패동 470-6) 푸른사상사
대표전화 · 031) 955-9111(2) | 팩시밀리 · 031) 955-9114
이메일 · prun21c@hanmail.net
홈페이지 · http://www.prun21c.com

ISBN 979-11-308-1474-2   03810
값 9,000원

푸른사상 시선 113

새점을 치는 저녁

이 시집은 ⬤ 광주광역시 · ㄸ 광주문화재단 의 2019년 지역문화예술
GWANGJU CITY   Gwangju Cultural Foundation
특성화지원사업으로 지원받아 발간되었습니다.

섬의 수장고에서
오래도록 붙어 있었구나

보호하거나 가두는 곳

활자가 되지 못한 시와
밀가루 반죽처럼
나도 오래도록 그곳에 있었다

섬은 더 깊어질 것이지만
우리는 이제부터
함께 더 자유로워지자

물 밖으로,
잘 가라 시들아…

2019년 가을
주영국

| 차례 |

■ 시인의 말

제1부

제2부

제3부

제4부

제1부

모든 꽃의 이름은 백일홍이다

꽃이 핀다는 것은 가슴속 더운 비밀을
세상에 붉게 터뜨리는 일 길게 피는 일

정읍 지나며

상행선 무궁화호
대나무 같은 아홉 개의 마디를 추슬러
서울로 가는 길 다잡는 사이
눈발 속의 차창 밖으로는 사람들 몇,
횡으로 누운 이 하나를 메고 와
오호 달구, 오호 달구 호곡(號哭)을 하며
언 땅에 집 하나를 짓고 있다

죽비가 되겠다는 건지,
몸 베어 날을 세우겠다는 건지
대나무 숲에서는 우─우
뜻 모를 소리 들려온다
살아서 마디마디의 평등한 뜻 이루지 못한
푸른 넋 겨울바람에 부르르
부르르 떨며 헛헛한 하늘을 향해 질러대는
끝도 없이 분분한 아우성 들려온다

죽비를 쳐줄까,

죽창을 세워줄까

낫을 갈아 날을 세운 청죽(靑竹)의 창을 들고
자주 세상, 평등 세상 외치며
서울로 향하던
개남이의 병사들처럼

열차도 정읍 지나 청죽의 마디 같은
칸칸의 희망을 달고 서울로 가고 있다.

사마천*을 읽다

도화(桃花) 꽃잎 하나에도 피가 도는 나의 거시기 훑어 내리며, 자결을 했어야 옳다고 말하는 사내들의 반론을 생각하며 사마천을 읽다 역사에 대해 말하기를 노 형(兄)은 술에 취한 칼의 노래라 했고 인도로 간 아우는 읽지 말라고 했다

꽃대 없는 사내 사마천에게로 뒤척이는데

술에 취한 노 형이 또 전화를 걸어와 인도에서 아우가 길을 잃었다고 했다.

* 사마천(司馬遷) : 중국 전한 시대에 『사기(史記)』를 저술한 역사가.

체 게바라 생각

삶은 달걀을 먹을 때마다
체 게바라 생각에 목이 멘다
볼리비아의 밀림에서 체가 붙잡힐 때
소총보다 더 힘껏 움켜쥐고 있었다는
삶은 달걀 두 개가 든 국방색 반합

밀림에 뜬 애기 달 같은 노른자는
경계를 서던 소년 병사의 팍팍한
꿈을 먹는 것 같아서 더 목이 멘다

혁명도 결국은 살자고 하는 것인데,

삶은 달걀을 먹을 때마다 끝내
반합의 달걀 두 개를 먹지 못하고
예수처럼 정부군에게 죽은 게바라의
살고 싶던 간절한 마음을
먹는 것 같아서 목이 멘다.

인공 눈물

사거리 정 안과에서 처방받은
인공 눈물 몇 방울을 넣어주자

다시 눈이 돌아간다

누군가의 이름을 애써 부르지 않아도
거짓 눈물이 줄줄 흐른다.

꽃불철공소

오일 시장 사거리
무등분식 지나 불꽃철공소

내 눈에는
꽃불철공소

땅이 뿌리부터 간질거려
여기저기서 툭, 툭 벌어지는
꽃 피어날 봄날에

붉은 쇠붙이를 들고
나도 뿌리 하나를 건드리고 싶다.

검열

어떤 죄를 지어 감옥에 온 남자가 딸이 보내온 편지를 읽고 있다 아빠, 올봄에는 묵은 밭을 일궈 해바라기라도 심을까 해요

남자는 답장을 쓴다 얘야, 그 밭은 절대로 건드리지 마라 아빠가 거기 묻어놓은 것이 있단다

딸의 편지를 다시 받은 남자 아빠, 어제는 어떤 아저씨들이 오더니 하루 종일 밭을 파주었어요, 그런데 갈 때는 욕을 하고 갔어요

남자는 이제 답장을 쓴다 얘야, 이제 너의 생각대로 꽃씨를 뿌리렴 아빠가 사람들을 시켜 밭을 일구어주었으니 해바라기들도 잘 자랄 것이다.

밥

아침에 또 당했다
나이도 어린 놈이었다
병가원을 낼까, 사직서를 쓸까
생각하는 내내
마음이 시큰거렸다

점심에 밥을 먹었다
찬밥을 찬물에 말아 먹었다
젖은 밥알이 튀어나올 것 같아
에라, 이 등신불아—
나에게 하려는 욕을
몇 번이나 참았다

모욕은 견딜 수 있어도
배고픔은 끝내 참기 힘든

생존의 밥.

건원릉에서

홍살문 지나 능으로 올라가는
오른쪽 길은 죽은 왕만 다니는 길
살아 있는 지존은 오른발로 먼저 딛고
왼발을 그 옆에 붙이는 합보로만
왼쪽의 낮은 계단을 올라야 한다
조선국 태조가 묻혀 있는 구리 건원릉
해마다 한식에만 한 번씩 벌초를 하는
봉분의 억새, 피 맛을 본 아들이
고향 함흥에서 떠다 심은 것이라고 한다
능 앞으로는 오늘도 금천이 흐르는데
능참봉 허락 없이 금천을 건너면
영락없이 태형을 맞아야 했단다
역성을 이룬 왕은 기가 세다던가,
신기(神氣) 부족한 무녀들이 잉*에 숨어들어
억새풀 비비며 기도하는 곳
합보로 계단을 오르지 않았으나

어디로든 제멋대로 튀는 메뚜기들이 살고 있다.

* 풍수지리에서 기(氣)의 정점을 이룬 곳.

왕을 지우다

낙향한 선비가 사직을 걱정하는 저녁
왕은 끝내 강을 건넜을까,
북쪽 하늘로 난층운 지나더니
술시 지나자 비 내린다
오늘은 상소문 쓰지 못하고
남동풍에 흐느끼는 대숲에서
그들과 함께 오래도록 울었다
불을 피우면 죄를 짓는 것 같아서
생쌀과 날콩으로 한 끼를 먹었다
먹을 사러 간 아이는 돌아오지 않고
말에서 떨어져 다리가 부러진 아이는
난중의 군사를 피했다며 좋아라 했다
사직을 구하자는 방을 붙여도
명나라 군대를 기다리는
훈구의 귀신들이 호응을 하지 않았다
생나무 장작에 불을 붙이는 것처럼
맥없이 눈물 나고 아득해지는 저녁
강을 건너가는 왕을 더는 사랑하지 않기로 했다.

국제정치학의 시

국제정치학을 배우면서부터
시 쓰는 일도
남의 시 보는 일도 시시해졌다
아는 선배와 문학관을 구경하고
질마재 넘어오다 뺨을 맞을 뻔했다
나라야 망하든 말든 시인이
시만 잘 쓰면 된다는 말에
대꾸한 것이 화근이었다
전쟁 한번 해보지 않고도
나라를 통째로 빼앗겨버린
전환기의 역사를 모르는 것 아니지만
패망의 국제정치학은 그렇더라도
피로 물든 권력의 수괴에게까지
단군 이래 두 번째로 잘생긴 미남자라고
입술에 침을 발랐던
질마재의 사유는 헤아려지지 않았다.

전화위복

입사 25년차 주임이 날아갔다
직급이 바뀐 사원증을 내보이며
술 몇 잔을 내기도 했는데
사직원도 없이 그냥 날아서 갔다
나이 어린 과장 때문이라는 뒷말이 돌았다

날아갔다는 말은 잘렸다는 말보다
덜 속상하고 주체적이기는 해도
결과는 같다
차라리 잘 되었다는
전화위복이라는 말은
날아보지 못한 사람들의 허무한 위로

퇴직금 축내다
그래도 아이들은 잘 큰다는
물어보지도 않은 대답을 하며
어디 경비 자리라도 알아봐 달라는

날아간 후배의 전화를 받은 밤

나이 어린 과장 덕분에 자리를 보전하며
야근을 하고 있는 30년차
주임의 낡은 의자가 흔들린다.

경비원 이씨

경비원 이씨가 갔다
경비실에서 찬밥을 먹다가 갔다

분식집 차렸다 퇴직금 날리고
마누라까지 날려먹고
갑질도 못하는 노란 완장을 차고
경비원 이씨가 되었는데,

가슴 두 번 치며
억억거리다 맥없이 갔다

시 쓰는 선배와 화정동에서
술 마시고 돌아오는 저녁,
두터운 망을 보며
경비원 박씨가 졸고 있다.

월경(越境)은 있다

초등학교 때 짝지와 다투다
책상에 금을 그어놓고, 넘어오기만 하면
죽을 줄 알라고 했던 추억이
그날에 슬그머니 떠올랐다

백제 고구려 신라에서도 왕이
월경을 했던 기록이 있었나

꿈도 꾸지 말라고 하면 안 되갔구만

넘어오기만 하면 죽을 줄 알라던
금을 넘어
우리도 위원장과 함께
기념사진을 찍고 싶었다.

2036년의 지도

그는 시간 여행자다
2036년의 미래에서 왔다
존 티토, 그는 미군의 옷을 입고 있다
광우의 병과 중동의 전쟁,
동남아 쓰나미를 적중시켰지만
이는 타임지의 행간만 꼼꼼히 읽어도
누구나 가능한 예언이었다
오히려 빗나간 예언이 더 많다
박빙으로 승부가 갈릴 것이라던
서울시장 보궐선거도 틀렸다. 그때
빗나간 사람이 지금의 시장이다
그가 들고 온 2036년의 지도 한 장
3차 세계대전 이후의 코레아는
일본을 식민지로 삼고
중국과 러시아를 차지하고 있다
사람들은 부풀려진 지도를 보며
부푼 셈을 하지만, 누구도
자신의 나이를 계산에 넣지 못한다

이 또한 지나가리라

모두는 시간 여행자다.

제2부

목과(木瓜)

서재의 낡은 시집 몇 권

목과의 향기를 맡으며 행복했던
소년은
이제 시집을 읽지 않는다.

백령도 11

눈을 뜨면 부푼 솜이불 같은
안개가 문을 막아섰다
아침의 문이 쉬 열리지 않았다
달무리처럼 정오의 하늘에 걸린
해도 안개를 어쩌지 못했다
장산곶 대청도 소청도를
흐린 지도책으로 가늠해보며
하루를 그냥 곤충의 더듬이로 살았다

안개의 포위망을 뚫고
가끔 전화선이 이어지면
갇혀 지내는 심사가 어떠냐며
육지 사람들의 웃음소리가 들려왔다
나도 그들을 따라 희미하게 웃으며
봄꽃 지기 전에 엽서라도 한 장 보내라고 했다

밤이 되자 안개는 더 단단하게 섬을 조여왔다
낡은 수첩의 오래된 전화번호처럼

섬사람들은 떠돌았다

나는 또 더듬이를 달고

안개 속 꿈길을 더듬거리며

지도 바깥의 맑은 아침을 기다렸다.

백령도 12
― 겨울, 남(南)이 아버지

우편배달부는 빈 행낭을 실은 삼천리호 자전거를 타고 오후 다섯 시의 햇살을 우산살처럼 잘라가며 일몰의 수평선을 넘어갔다 사흘 지나 나흘째도 바람이 불어 육지로 가는 뱃길이 지워지고 사람들의 마음 길도 지워졌다 사람의 길 모르는 눈먼 숭어 떼만 허연 배를 뒤집으며 파도처럼 출렁였다 섬사람들은 계절이 오고 가는지를 바람으로 안다고 했다 대륙에서 발원하여 황해를 건너오는 바람은 겨울바람이었다 섬은 열려 있던 마지막 단추를 닫으며 긴 동안거(冬安居)에 들어갔다

난리가 나던 해 겨울, 남이 아버지는 인당수를 건너와 태극기의 모서리로 남이를 받아냈다 전복 소라 가리비를 찾아 물범처럼 물질을 하면서도 그는 표식 없는 분단의 경계선에 갇혀 있다 어여 통일 좀 시켜주라, 해주 어디에 있다는 어머니의 무덤 통일되면 옮겨와 함께 살 거라며 숭어회에 술잔을 돌리던 남이 아버지가 울먹인다

몇 번의 군호(軍號)가 바뀌는 동안 겨울은 더 깊어졌다 대

체로 흐리고 가끔 눈 내렸으나 그리움의 발목은 넘지 못하
고 바람의 길 따라 다시 동으로 날아갔다 날짜 없는 소인을
찍으며 대청 소청 연평 덕적 물수제비 같은 섬을 따라 엽서
로 날아갔다.

파장(罷場)

── 송정리 시장에서

소망약국 앞
칠순의 노파가 호객을 하고 있다
염소의 늑골 같은 어등산의 뼈대가
시침(時針)을 맞추는 오후 여섯 시
일점오 톤 복사가
시든 배춧단 들어 올리며 시동을 걸자
여자들의 걸음에도 시동이 걸린다

무쇠를 녹여 꿈을 벼리던
꽃불철공소 화덕이 식어들자
보습이며 호미, 쇠붙이들이
닷새 뒤의 좌판으로 물러선다
파장의 기미를 눈치챈
개들이 석양을 걸어 나온다
어물전 귀퉁이를
할당받은 그들에게는

이제부터가 장이 열리는 새벽이다

열무 두 단에 오백 원
자신의 남루한 생까지도 모두
털어버리겠다는 듯
떨이를 외치는 굽은 등 뒤로
소망약국, 파장의 셔터가 내려진다.

동천(冬天)

편대에서 떨어진
겨울새 몇 마리
시린 하늘에 방점으로
찍혀 있다

겨울 하늘에 썼던
내 젊은 날의
일기장 한 줄.

활어 수족관

평동공단 가는 사거리
활어 수족관 충충이 쌓여 있다
간수는 어느 강을 따라
흘러가버렸을까,
바다의 흔적이란 겨우
눌어붙은 파래 한 조각

무창포 어느 횟집에서
활어 수족관을 나와
풍금의 건반처럼 누워
눈을 껌벅이는 도다리 먹다
바다로 향해 있던
그의 눈을 마주하지 못했다

제 태생도 모르는 것들과의
낮술에도 취하지 않는 하루였다.

노가리

그의 마지막 말이 듣고 싶어졌다

놀란 듯, 어이없다는 듯 입을
쩌ㅡ억 벌린 채 생이 굳어버린
내방동 투다리에서 오백 시시를 마시며
한 접시에 팔천 원 노가리 안주
어영부영하다 내 그럴 줄 알았다는
누군가의 묘비명처럼, 한때는 바다를
범선처럼 유영하며 등 푸른 한 생이
그보다 더 좋을 수 없었으리라

오만가지 번뇌와 망상을 다스리려고
한 숨에 한 생각, 두 숨에 두 생각을
정리하며 가다 보면 일곱 숨이 오기도 전에
숨도, 생각도 다 잃어버린다는데,
달면 삼키고 쓰면 뱉어내는 기름진
욕망의 부대자루에 오백 시시를 부어 넣으며
옛 중국의 육조 혜능선사를 빗대

그 부대자루를 끌고 다니는 것은 또 무엇이냐

놀란 듯, 어이없다는 듯 마지막
표정을 지으며 생이 굳어버린
마른 노가리 한 마리를 시주받아
아버지의 영전에 올리려는데, '이 뭣고'
술이 담긴 자루를 내려다보며
당신의 술안주를 집어 든다

노가리, 거짓이어도 좋을
그의 말이 듣고 싶어진다.

피라미처럼

흐린 날 송산유원지에 가서

부르튼 발 간질이는 피라미들이랑

이리 채이고 저리 휘둘리는

내 피라미 같은 생의 이야기를

극락*의 강물을 따라 나도

어디로든 흘러가고 싶어지는 오후

검고 큰 차에서 내린 사람들이

서쪽의 어등산 쪽 한참이나 바라보다가

피라미 같은 생을 깔깔거리고 있다.

* 극락강(영산강의 지류).

감꽃 지다

예초기 날에 개구리가 날아갔다
잘린 풀에서는 여자의 냄새가 났다
초경을 시작한 여자아이의 냄새였다
불행은 예고되지 않아서 더 불행하다
잔돌이 여기저기로 튀고, 수유를
마친 풀들이 어지럽게 잘리며
함께 울며 아우성을 지를 때도
불행은 예고되지 않은 것이었다
풀밭 어디쯤에서 장례를 치르는 동안
예초기의 시동을 끄고 떨어진 감꽃을 주웠다
처음부터 열리지 말았어야 할 감꽃
대개의 결론은 살아남은 자들이 낸다
국수를 삶았다며 어머니가 부를 때도
감꽃 두 개가 맥없이 떨어졌다
초경을 시작한 아이의 등을 두드려주며
가지 끝에서 떨어지는 꽃이 더
불행하다고 풀들에게 말해주었다.

잔인한 문장

할머니가 불에 타는 동안 우리는 홀짝거리며 믹스커피를 마셨다 가루가 된 할머니를 냇가 미루나무 옆에 묻어주고 내려와 잘한다는 집에서 설렁탕을 삼키며 할머니와의 추억을 떠올렸다

추억이 가루가 되어 흩어지는 내용의 작가 미상의 문장을 읽다가 식당에서 나와 믹스커피를 마셨다.

천지 장례식장

부의금 봉투를 들고 문상 가는 길
햇빛 유치원에서 아이들이 놀고 있다

어제 시 모임에서
진보주의자는 은유를 모른다는 말을 듣고
돌아와 흐르는 물에 귀를 씻으며
그래도 내게는 먼 이순이 아직 다행이었다

햇빛 유치원 아이들도 열심히 자라서
언젠가는 무슨 주의자가 될 것이지만,
천지의 사이에는 주의의 경고등조차 없어

강을 건너듯 몇 번의 차도를 가로질러
장례식장에 들어서면
귀를 씻기는 곡소리들이 흘러 나왔다.

동물의 왕국

카이만*의 송곳니에 걸린
정오의 물새 한 마리가
제사장도 없이
피로 물드는
저녁의 아마존

누군가는 죽고,
누군가는 살아가는
개와 늑대의 필사적인 시간

강가의 카이만에 덜미를 잡힌
버팔로 한 마리가 허공에 우―우
감긴 뿔을 내지르며 곧 끊어질 생을
버티고 있는
다시 보기의 순간

카이만의 백을 들고 아내가 외출한 저녁

장식장에 걸린 버팔로의 뿔이

벽시계의 시침을 바라보고 있다.

* 아마존 지역에 서식하는 악어의 종류.

숭어잡이

달빛을 먹은 바다가
가는 삿대에 찔릴 때마다 튄다
은색 물고기처럼 퍼덕이며 튄다
달빛에 눈을 찔린 숭어가
배의 난간을 향해 튀어 오르는 저녁
함정은 언제나 빛의 뒤안에 있다
빛을 그리워한 결과는 참혹하다
숭어들이 튄다
뱃전의 그물 위에서도 튄다
숭어를 망태기에 담으며 셈을 하는
삼전을 다 겪은 노련한 어부
운명은 늘 교차의 지점에서 바뀌는데
달의 아가미*를 따라
다시 그물이 내려진다
삼마이 그물이 달빛 아래 펴진다.

* 김두안 시인의 시 「달의 아가미」에서 인용.

낮술

목포 뒷개의 어느 여관에서
새우깡에 마시던 낮술
진경의 화폭에서 새우처럼 잠을 자던
화백이 일어나 술을 따르자
시인이 먼저 간 김현식을 불렀다

2호 광장에서 새벽 2시까지
술을 치던 남자가 압해도로 돌아간 후
그의 애인이 될 뻔했던 여자 하나도
빗속으로 떠나가 버렸다
맑은 티슈는 그녀가 울었다는 흔적이다

술잔을 든 서로의 몸을 찍어주며
절반도 차지 않아 넘치는
싸구려 맥주의 거품처럼 우리는 희망적이었다

밤새 호남선에도 비가 내렸을까,
이난영의 눈물을 몇 번이고 따라 불러도
취하지 않던 목포의 낮술.

금성산 오르며

다보사 지나 금성산 오르는 길
삼복의 절기를 아는지, 모르는지
개 한 마리, 사는 것이 심심해 죽겠다는 듯
길게 하품을 하며 늘어진 꼬리로
툭, 툭 파리를 쫓고 있다
땀 흘리며 산으로 가는 우리를
이해할 수 없다는 듯 하품이 이어진다

죽은 사람은 죽어서 산으로 가고
산 사람은 살기 위해 산으로 간다
사람은 죽어서야 갑자기 순해진다
모든 주장이 사라진다
산비탈의 크고 작은 무덤들
양지바른 길 모두 산 사람에게 내주고
비켜 누워 천천히 땅으로 스며든다

낙타봉에 올라 깡통맥주를 마시며
지천명을 지난 친구의 나온 배를

툭, 건드리며 우리는 길게 가자고 했다
불혹이든 지천명이든 세상이 꾸며낸 말에
휩쓸리지 말고, 낮으면 낮은 대로
높으면 높은 대로 산의 나무처럼
높낮이를 다투지 말자는 친구의 말 뒤로
노안의 너른 들이 산 아래 푸르게 잠겨 있다.

제3부

그리운 단비

여보게, 저길 좀 보아
메말랐던 대지에 봄비 스미는
옹골진 모양새를

아마도 그리움이었을 게야
세상에, 저리도 반가운 모양새로
엉클어져 나뒹구는 그림 좀 보아

그리 멀지도 않은 사이를 두고
그리움만 키워왔던 건조한 계절
비가 오려나, 지난밤 내
마음 설레 마파람 일렁이고
차일구름 바다처럼 아득하더니

세상에,
한나절 새참을 기다리지 못하고
맨발로 달려와 자지러드는
저, 장한 후련함 좀 보아.

새점을 치는 저녁

새점을 치던 노인이 돌아간 저녁
공원의 벤치에 앉아 나도 새를 불러본다
생의 어디에든 발자국을 찍으며
기억을 놓고 오기도 해야 하였는데
난독의 말줄임표들만 이으며 지내왔다
누군가의 경고가 없었다면 짧은
문장의 마침표도 찍지 못했을 것이다

생의 뒤쪽에 무슨 통증이 있었는지
진료를 받고 나와 떨리는
손에서 노란 알약을 흘리고 간 사내

산월동 보훈병원 302호실
노란 알약을 삼킨 날개 다친 새들에게
마지막 처방전을 써준 김 원장이
사직원의 파지에 새를 그리고 있다

내일은 그도 저무는 공원에 나가

새점을 칠지 모른다

누군가 또 흘리고 간 노란 알약에서

새점을 치던 저녁을 떠올려볼지 모른다.

봄 이불 한 채

대주아파트 옆 외진 공터에
분홍색 봄 이불 한 채 버려져 있다
누군가의 마지막 몸을 추억하며
입동의 바람 앞에 웅크리고 있다

경상도 어느 비행장에서 일을 할 때
아내와 나는 숟가락 두 개로 살림을 시작했다
연탄 보일러 숨구멍을 줄이며
석유난로에 밥을 끓이면서도, 우리는 좋았다

봄 이불 한 채를 사며 자꾸만 값을 조른
아내는 베개 하나를 덤으로 얻었지만,
흥정에 나서지도 못한 나는 애먼 돌부리나
툭툭 걷어차며 용문의 먼 산을 바라보았다
아내는 봄 이불 솜처럼 부풀어 올라
새처럼 조잘거리며 자꾸만 말을 걸어왔다
활주로를 이륙한 비행기는 새처럼 하늘을 날아가고 있었다

우리도 언젠가는 새처럼 날 수 있다며
아내는 때를 기다리자고 했다. 봄날의 꿈을
꾸기 위해 우리는 시도 때도 없이
분홍색 이불을 덮고 잠에 들었다
죽령을 넘어온 바람이 창문을 흔들어도
비행기 소리에도 일어나지 않았다
유랑지의 쓸쓸함도 욱신거리는 뼈아픔도
봄 이불 속에서 자근자근 잦아들었다

신혼의 단잠을 재워주던 봄 이불 한 채
낡은 솔기의 실밥을 뜯으며, 숨죽은
솜을 부풀리며 아내가 느릿느릿 말을 걸어온다.

소한(小寒)

미루나무 가지 끝
참새 두 마리

쌀알인가?

톡,
톡,

마당가에 내려 앉아
눈을 찍는다.

돌아오지 마라

영광 불갑사 돌아
친구들과 용천사 어디쯤에서
보신탕 먹고 돌아오는 오후
길가에 황토색 개 한 마리
창자를 쏟은 채로 떨고 있다

용천사 꽃무릇 구경하며
남은 입맛을 다시는 동안에도
살아서 아파했구나
꽃무릇 따라 피안으로 가면서도
너는 떨고 있었구나

이전의 생에서 너는 무엇이었든
이곳으로, 돌아오지 마라.

라코스테

주술사 가브리엘은 악어의 정령이다
잠베지의 강가에서 악어와 함께 산다
그를 쉰두 개의 어금니에 얹어 강의 물속으로
끌고 들어간 이는 어머니였다
낮에는 강의 물속에서 지내고
밤에는 갈대숲에서 악어의 방언을 했다

강가에서 물을 긷던 소녀가 사라지자
사람들은 깨진 물통으로 장례를 지냈다
그는 염소와 사람을 구분하지 않는다
사람들이 지어놓은 이름을 듣지 않는다
강가의 불행을 믿지 않은 자들은 먼저
그의 눈물을 믿은 염소들을 따라
잠베지의 강물로 사라졌다

송정동 백제약국 앞 라코스테에서
악어의 표식을 받은 자본의 포식자가
횡단보도에 걸려 신호를 기다릴 때,

잠베지의 강가에서 악어를 부르는
가브리엘의 방언이 들려온다.

허방세상 낙조

금성산 넘어가는 일몰의 해가
무딘 톱날에 배를 긁으며
나 이제 화엄세상으로 간다며
노루목 산 그림자 아직 가시지 않은
한수제에 붉은 피 뚝뚝 흘리며
죄 없는 하늘을 물들이고 있다

우리는 옥상에 모여
아파도 웃으며, 헤죽헤죽 웃으며
오늘 노을 참 곱다며
오늘 어디 물 좋은 데 없냐며
가망 없는 농이나 주고받으며
허방세상을 붙들고 있다

산 너머에는 죽은 해를 태우는
비밀의 화장터가 있다는데,*
참나무 장작이 탁탁 소리를 내며

몸을 뒤척일 때마다 붉은

뼛가루가 하늘로 튀어 오른다.

* 윤석주 시인의 시 「해의 다비식」에서 인용

엘 콘도르 파사

서울 큰 병원에서 아픈 울대를 잘라내고
강을 건너가던 잠에서 풀려나
혼자서 버스 타고 내려오는 정안휴게소
페루의 사내들이 죽은 산양의 발톱을 흔들며
날아가는 콘도르를 부르고 있다

콘도르여 콘도르여, 나를
안데스의 고향으로 데려가주오
사랑하는 사람이여, 나를
쿠스코의 광장에서 기다려주오

마추픽추의 골짜기에서 온
죽은 산양의 발톱을 대신 흔들어주며
엘 콘도르 파사, 엘 콘도르 파사
잠긴 울대로 어디로든 따라가고 싶어
날아간 콘도르를 함께 부르는데,
타관에서 쓸쓸한 마음을 들킨 것처럼
울대 성한 사내들의 목이 잠긴다.

들소

습한 친구들과 자주 어울리다 보면
저수지가 있는 초지를 잊기도 한다
마을의 온갖 소문은 저수지로 흘러간다
때마다 지피는 아궁이의 불은
소문의 좋은 재료다
굴뚝의 연기는 바람을 따라
대부분 동쪽으로 소문을 실어 나른다

초지에 비가 내리면 집에서 기르던 소가
사람의 흉내를 내며 경을 읽었다
초지에 풀이 자라는 동안 마을의
소문도 무성하게 자라
저수지로 흘러간다
저수지의 물을 먹은 아이들은
곧 들소가 될 것이다

구름의 태생이 궁금해질 것이다.

대가의 점(·)

화선지에 먹으로
(·) 하나를 찍어놓고
우주를 그린 것이라는 대가

강남에서 온 졸부들이
거대한 (·) 앞에 모여
우주의 가격을 매기는 동안

(·)보다 작은 사람들은
우주가 걸린 화랑의 밖을
지나가고 있었다.

떨어진 꽃들

봄비 한차례
사선으로 지상을 때리고 가자
두서없이 수런거리던 꽃들
떨어져 바닥에서 두리번거리다
젖은 수의에 덮여 어디론가 간다

요절한 시인들의 시를 읽으며
병실에서 내려다볼 때
봄꽃 지는 일
나는 저만큼이나 아름답게
떨어져본 기억이 없다

떨어진 꽃들이
마지막 한 편의 시들이
뿌리를 두고 멀어져간다.

북제주에서

육지에서 잃어버린 길을
다시 찾은 것은 섬에서의 오후였다
남쪽에서는 다습한 바람이 불어왔다
함께 온 구름은 일행이 아니었으므로
자유로이 해협을 지나 열도로 갈 것이었다

구름은 지상에 묶인
가난한 사람들의 가없는 열망
쉽게 부풀고 쉽게 흩어져버린다
가을은 봄보다 덜 혁명적이지만,
사실은 당을 바꾸기에 더 좋은 계절
습한 공기가 역성의 의지를 녹슬게 하는지
대부분의 혁명은 여름 이전에 있었다

항몽 유적지에서 중손과 통정을 생각하며
아프리카산 아메리카노를 마실 때
살진 가오리들이 하늘을 퍼덕거렸다
손을 던지면 육지에서 증발한 누군가의

절박한 숨소리가 가오리의 허파쯤에서

만져질 것도 같았다

층적운은

누구라도 뛰어내리기에 좋은

허공의 단층

수증기의 사다리를 타고 올라가는

육지의 겁 없는 사람들이 섬에서는 보인다.

봄바람 봄 나무

바람도 윤회를 하는가,
한 시절 횡으로 누비던 칼바람
자취도 없이 사라지고
그 빈자리
다순 남서의 계절풍 불어와
살아 있었느냐
살아 있었느냐며
겨울나무 흔들어 깨운다

한 시절 직립의 부동자세로 서서
그리움의 답신 보내지 못하고
가지 끝 후리고 지나가는
낯선 풍문에나 귀 기울이던
너희도 그런 시절 있었느냐

목숨이 윤회를 하듯
바람도 윤회를 하는가
동지나 남지나해의 온난한 바람

겨울을 난 새떼들
앞세우고 돌아와
지워졌던 지상의 경계를 다시 그리는지

그리움의 답신을 적는
어제의 겨울나무, 오늘의 봄 나무들
비밀한 내통을 하듯 가지 끝 눈망울
톡, 톡 간지럽게 틔워내며
한 세상 뒤바뀌는
푸른 발신음을
언덕 너머 강 너머로 멀리 보내고 있다.

무연고 32호

마른 사과를 씹으며
금성산 내려오는데
파란 접시를 엎어놓은 듯
무연고 묘지 32호

관절 상한 상수리나무 옆에
엎드려 있다

사과 한 알을 앞에 내려놓으면서도
직계를 상실한 그의 내력이 궁금하지 않았다

오후 두 시에 쓸쓸하다 말하지 않아도
개망초와 삐비, 꽃과 풀이 함께 자란다

언덕 아래로 백팔십 년 후의
무연고 묘지 하나가 더 만들어지는 동안

애기사과 꽃 두 개가 산바람에 흔들렸다

울력을 마친 사람들이 나흘 전에 드시던
그의 엎어진 고봉밥 그릇을 향해
후생을 비는 연고의 절을 올리고 있다.

산에서 온 편지를 강에서 읽다

지리산에는 꽃이 피었다는데
올라갈 차편을 구하지 못했다
납작한 잔돌은 날리기에 좋지만
깎이고 닳아서 들어주지 못한 사연이 들어 있다
강물을 튕기며 물수제비로 날아간 잔돌이
죽은 물고기마냥 바닥으로 가라앉는 동안
날아간 새들의 발자국이 지워지고
강을 떠나지 못한 사람들의 말이 많아진다
더 먼 곳으로 흘러가고 싶게 하는
산에서 온 편지를 오후의 강에서 읽었다.

제4부

상강 무렵

찬비가 내리기 시작했다
어머니는 밀가루 반죽을 빚었다
우리는 후룩후룩 수제비를 마시며
바다를 향해 무엇이든 날리고 싶었다
막내가 던진 물수제비는
날개를 펴다 말고 맥없이 떨어졌다
어머니는 참깨라도 팔아
다친 무릎을 세우고 싶어 했지만
수확이 나지 않은 해였다
감나무 끝 외등이 꺼지자
새들이 집으로 돌아갔다
비가 그치자 앞산이 더 가까워졌다.

형제 상봉 기념

흑백의 낡은 사진 속에
두 사람 군인이 담겨 있다
작대기 몇 개의 졸병 계급장을 단
청년의 큰아버지와 아버지
박이 쿠데타를 일으키던 해,
인제의 어느 사진관에서 찍은 것이다
낯익은 필체로 '형제 상봉 기념'
나는 아직 세상의 빛을 보지 못했다

사람은 두 번 죽는다[*]
죽은 그를 아는 사람이 모두 죽을 때
사람은 진짜로 죽는다. 사진 속의
그를 아무도 알아보지 못한다

시골 우체국에서 교환이 이어주던
잘 지내냐, 잘 지낸다는
전화선 끝의 가는 아우 목소리에도
피붙이로 함께 목메던 시절이 있었는데,

벌써 몇 해, 사람의 길 찾아
인도로 간 아우를 만나지 못했다

사진 속의 큰아버지와
아버지는 아직 돌아가시지 않았다.

* 기형도의 시집 『입 속의 검은 잎』 김현의 해설에서 인용

아내의 푸른 손

문을 열자,
미역을 헹구던 아내가 손을 내민다
아내의 손은 차고 푸르다
푸른 옷의 수인번호 0167
영치금을 넣어주던 아내는 떨며,
파도에 목을 매지만 말라고 했다

아이들이 호루라기를 불며 들로 나가자
방에는 물이 차올랐다
헹구다 만 미역줄기가 엉키며
지나온 시간을 물었을 때야
아내는 내밀었던 손을 거두며
천천히 미역의 머리를 풀었다
손끝에서 방생의 잔물결이 일었다

우리는 바다의 바닥에서 만나
서로의 줄기를 더듬은 적이 있다
그날도 방에는 물이 차오르고

물의 중심을 밀어 올리며
줄기의 틈 사이로 미역 새순이 돋아났다

호루라기를 불며 후투티를 쫓아가던
아이들이 돌아와 문을 열자,
미역으로 흔들리던 아내가 손을 내민다
아내의 손이 푸르게 빛난다.

어머니의 단층집

연립 한 칸을 얻어 이사하던 날
어머니는 토끼장 같다며
몇 번이나 옷소매를 들었다 놓으셨다

형이 월남에서 돌아오던 해
나는 사과상자로 층층이 집을 지어
토끼를 키우고 있었는데,
승리의 연호를 그리면서도 형은
몸 어디가 자꾸만 가렵다고 했다
가끔은 맑은 날, 깨꽃처럼 충혈된 눈으로
남국행 비행운 가리키며 이국의
방언을 중얼거리기도 했다

  ─열병에는 토끼간이 좋다더라,
어머니는 토끼장을 기웃거리며 내 눈치를 살피셨다

토끼장이 텅 비자 형은 분가를 했다
간, 쓸개 다 잃은 토끼들을 따라

자신이 흙 한 삽 올리지 못한

낯선 집으로 이사를 했다

그때부터 오히려 맑은 날 많았는데도

남국으로 가는 비행운 보이지 않았다

뜻을 알아들을 것도 같은

낯선 방언은 어머니가 대신했다

－나는 단층집이 더 좋더라,

문패도 없는 형의 집을 손질하다

어머니, 화투연*에 날아온 꽃잎 하나를

다칠세라 치마로 받으신다.

* 화투연(花妬姸) : 봄에 꽃 피는 것을 시샘하여 아양을 피운다는 뜻의
  꽃샘추위.

망운의 설(雪)

기세 좋은 춤사위였다
군내 버스는 비상등을 켜고
더듬거리며 망운*을 넘고 있었다

거친 눈보라의 벽을 지나며
버스는 맥없이 비틀거렸다
몇 번이나 후륜이 돌기도 했다
생전에 이런 눈은 처음이라며
벽을 향해 중얼거리던 그가
운전대를 꺾었을 때
모든 상황이 끝이었다
더 이상 망운을 나아가지 못했다

아버지의 짧은 눈 발자국 따라
무안으로 가는 길은 설원
갇혔다 풀려나기를 몇 번이나 반복했다
직립의 의지가 마찰의 힘을
이기지 못할 때마다

아버지는 넘어졌다

몇 번이나 중심을 잃고

다시 몇 번을 넘어지면서도

생의 바닥은 보지 말라고 했다

지워지거나

넘어지거나

어쩌면 낡은 구두 탓이었다.

* 전남 무안군에 속한 지명

태풍 전야

큰 바람이 분다고 했다
아버지는 라디오의 다이얼을 맞추며
모두 산으로 들어가자고 했다
어머니에게 옥수수를 삶으라고 했다
나무들도 소식을 들은 것일까,
무화과나무 잎사귀가 떨고 있었다
나는 꽃도 없이 과실이 열리는
무화과의 내력이 궁금했지만,
라디오가 잘 잡히지 않았다
옥수수를 삶아 온 어머니는 잡히지도 않는
라디오의 소리를 높이라고 했다

무화과나무 잎사귀를 떨게 하는
바람의 근원에 대해 알고 싶었으나
지나간 다음에야 든 자리가 보이는
그는 보이지 않는 존재였다
저물녘의 술래잡기처럼 상대가

보이지 않을 때 우리는 더 두렵다

무화과나무를 떨게 하던
무이파*의 예상도를 그리며
옥수수 하모니카를 불던
흑산의 어느 밤이 그리워진다.

* 무이파 : 2011년에 흑산도 근해를 지나간 태풍의 이름.

오래된 집

큰집 뒤안의 오래된 우물
벼락 맞은 대추나무 옆
밤에는 두런두런 도깨비들이 살았다
할머니가 우물을 떠난 뒤에도
유월 유두만 되면 도깨비들이
머리를 풀고 머리를 감으며
사람들의 흉을 보았다

툭, 우물 속으로 떨어지는
대추알이 굵어지면
두레박의 물 긷는 소리도 깊어지는데,
대문을 열고 뒤안으로 돌아가면
대추를 따던 유년이 돌아 나온다
아버지의 아버지의 유년도 따라 나온다

대추 한 알이 우물 안 구름 속으로
툭, 떨어질 때마다
마른 우물의 물씨가 터지며

허방세상을 구경하고 돌아온

도깨비들의 이야기가 밤새 이어진다.

아버지의 도장

무너진 집터에서 찾아낸
아버지의 인감도장
빚 보증 잘못 섰다 날아간

길가의 큰 밭을 오래도록 바라보다
인주를 묻혀 도장을 찍어본다

발자국이든 무엇이든
우리는 찍으며 한 생을 살아가는데,
돌아보지 못하고 멈추는 날이
찍는 일 끝내는 날이다

목포의 어느 도장집에서
길인으로 새겼다는
검은색 뿔도장

주인은 간 지 오래여도
이름 석 자 생피처럼 붉다.

길만이 형

길만이 형이 음독을 했다 어긋난 한 생을 눕히려는 시도
는 실패하지 않았다 당신의 활력을 높여드립니다 박카스 병
에 담긴 제초제 사이킨이었다 이듬해 산밭에 쓰려고 빚을
얻어 사둔 것이었다 형수가 바람에 든 것은 지난여름이었다
아이들의 옷가지를 산다며 광주로 목포로 나들이가 잦았다
는데, 형은 멀어져 가는 군내 버스를 바라보며 염소처럼 화
전의 풀이나 뜯고 있었다 낯선 사내가 몸을 피해준 광주의
어디쯤에서 그만 집으로 돌아가자며 세 번을 물었을 때 형
수는 대답 대신 고개를 묻었다고 한다 네 번의 물음 대신 형
은 박카스를 마셔버렸다 유서는 한 줄이었다 몽당연필을 잡
고 떨며 쓴 듯한 못난 아버지를 용서하라는 단 문장 형이 평
생을 일구다 간 산밭에 겨울비가 내렸다 비는 펫장의 마른
풀 씻어주며 초분에도 내렸다 내년 봄에는 더 푸르게 돋아
나라고.

요단강 건너가 만나리

누이의 마지막 숨은 가늘고 길었다
꺼질 듯 툭, 촛불이 흔들릴 때마다
누이를 배웅하러 강으로 따라가는
자매들의 노랫소리가 이어졌다
요단강 건너가 만나리
요단강 건너가 만나리

누이는 평생을 피와 싸웠다
나쁜 피는 누이의 뼛속까지 파고들어
봄 산의 고사목처럼 여위게 했다
포도당 수액은 나쁜 피와 섞이기 위해
가문 핏줄을 찾아 애써 스며들었지만
더 이상 세상의 처방을 포기한 누이는
어머니를 따라 요한의 세례를 받았다

요단의 강을 건너가, 강 너머의
먼저 간 누구라도 만난 것인지
누이의 마지막 날숨이 나오지 않았다

세상의 인연을 물 밑으로 감추며 흐르는
저녁의 강물에서 물비린내가 묻어나왔다

누이를 따라간 요단의 강가에서
손을 흔드는 자매들을 따라
나도 울먹이며 언제일지도 모를
요단강 건너가 만나리
요단강 건너가 만나리.

물속의 집

큰아버지는 물속의 집에서 산다
배 한 척을 끌고 물속으로 들어간 후
나오지 않았다. 초혼 굿을 하는
무당의 손에 머리카락 한 올 보내주지 않았다
망대도 흔들지 않았다.

빈 무덤가의 이런저런 꽃들이
잔파도의 여울을 세며 수런거리는
물에 잠긴 섬들의 그림자만 짙어가는 저녁
노란 종이배를 띄워 보내면
물길을 돌아 어느 지점으로 꼭 가는데
물속의 세상은 주소가 자주 바뀐다고 한다

안동에서 헛제사밥을 얻어먹고
섬에 들어올 때도 나는 그 길을 지나왔다
육지의 사람들을 향해 우ㅡ우 하며
누군가를 부르는 소리

사흘 지나면 꼭 큰 바람이 불었다

망대를 흔드는 큰 바람에
아버지 무덤가의 동백꽃이
하나둘 떨어져 물속의 집을 향해 간다.

무화과나무 그늘 아래

집 나가자 도둑고양이
배다른 아이들을 데리고 와
무화과나무 그늘 아래서
생선 가시 바르는 사이
넓은 잎사귀 얇게 흔들렸다

마흔에 홀로 되신 칠순의 어머니와
마늘 씨 벗기는 어느 여름 밤

검은 머리 파뿌리 되도록
행복을 다짐시키던
젊은 아버지는 액자에 담겨
세월 갔는지도 모르고
사람 좋은 웃음만 웃고 계신다.

벌초

가위질 몇 번에 귀 나간 쪽거울을 보며 이발을 끝낸 아버지가 휘파람 불었다 배코를 치던 아버지는 이발사였다 가위 하나로 팔도를 주유(酒遊)할 자신이 있다고 했다 나는 또 주전자를 들고 양조장으로 가야 했다 그런 날은 저녁상에서 아버지를 마주하지 못했다

  ─오늘은 현금 내일은 외상, 숙제를 하다 말고 남원집 대문 앞을 서성거렸다 아버지는 돈이 없어도 술을 구하는 수를 알고 있었다 당신에게만큼은 오늘이 외상이었다 비 내리는 호남선이 분내를 흘리며 떠나갔다

넘어지지만 말라던 아버지는 호남선이 끝나는 어디쯤에서 넘어졌다 더 이상 쪽거울을 들지 않았다. 가르마 넘기며 휘파람도 불지 않았다

외상술 아직 끊지 못했는지 벌초를 마친 아버지의 푸른 머리 위로 음복(飮福)의 술 몇 잔이 천천히 스며든다.

배롱나무 꽃

나비는 가까운 사람의
영혼이라던
할머니가
우물가에 심어놓은
배롱나무
달도 차면 기운다더니
백일홍도
백 일을 넘기지 못하고 졌다

할머니는
팔월에
나비가 되었다

나 가더라도
꽃 핀 가지는 자르지 마라

배롱나무 가지에서

먼저 핀 꽃들이 지고

나비가 앉았던 자리의 꽃잎이었는지
할머니의 무덤 쪽으로 날아갔다.

부고의 자리

날아온 부고가 앉을 자리는
처마 끝 제비집 아래
죽은 사람의 소식을 알려오는
노란 봉투를 식구들은 애써 피하려고 했다
죽은 귀신이라도 붙어 오는 것처럼
산 사람의 방에는 들이지 않았다

강촌 아재의 소식도
처마 끝 제비집 아래로 들어갔다

진주 강씨로 지냈던 강촌 아재가
모년 모월 모일 모시에
왔던 곳으로 돌아갔다는 전언
유서도 아니고 편지도 아닌
자신은 한 글자도 첨삭하지 못한
검은 유물 같았던 글씨

지천명도 전에 아버지 돌아가시자

집에 모인 고인들의 부고를 함께 살랐는데,

제비도 아버지의 부고를 받은 것인지

이듬해부터는 더 이상의

봄을 물어 오지 않았다.

눈물겨운 생존의 밥, 그리고 시

오홍진

주영국은 「모든 꽃의 이름은 백일홍이다」라는 시에서 가슴속에 "더운 비밀"이 없는 생명은 꽃을 피우지 못한다고 선언한다. 폭발하기 직전의 화산을 떠올려보라. 화산 깊은 곳에서는 뜨거운 용암이 들끓어 오른다. 그 뜨거움을 더 이상 견딜 수 없을 때, 그러니까 "더운 비밀"을 더 이상 간직할 수 없을 때, 화산은 거침없이 가슴속 뜨거운 비밀을 밖으로 활짝 열어젖힌다. 세상에 붉게 피어난 꽃 한 송이 한 송이마다 이런 "더운 비밀"을 품고 있다. 가슴에 간직한 비밀이 깊고 넓을수록 그 꽃은 오랜 시간 붉은 꽃으로 남을 힘을 얻는다. '백일홍'이다. 백 일 동안 피는 꽃. 백 일 동안 길게 꽃을 피우려면 그만큼 가슴속 더운 비밀을 곱씹고 곱씹어야 한다.

다른 사람이 마음에 품은 더운 비밀을 모르고 어떻게 시를 쓸 수 있을까? 시(인)는 언제나 바깥을 향하고 있다. 개인의 내면에 갇힌 시일수록 감정을 억제하지 못하고 직설로 쏟아내는 경우가 많다. 당연한 말이지만, 시는 내면에 가득 찬 오물을 쏟아내는 양식이 아니다. 가슴이 더운 시인은 그 오물마저도 이슬로 만드는 탁월한 재주가 있다. 「사마천을 읽다」에 나타나는 대로, "꽃대 없는 사내 사마천"은 가슴속 울분을 서슬 푸른 언어로 피워냈다. "노형(兄)은 술에 취한 칼의 노래라 했고 인도로 간 아우는 읽지 말라고 했"지만, 노 형은 늘 술에 취해 있고, 인도로 간 아우는 길을 잃었다. 시인은 사마천이 선택한 언어의 길에서 이 시대의 역사와 사람들을 들여다볼 방법을 찾고 있다. 꽃대를 잘리는 수모를 감수하면서까지 사마천이 글을 쓴 이유는 무엇일까? "더운 비밀"이라는 시어에 그에 대답할 단서가 숨어 있다.

상행선 무궁화호
대나무 같은 아홉 개의 마디를 추슬러
서울로 가는 길 다잡는 사이
눈발 속의 차창 밖으로는 사람들 몇,
횡으로 누운 이 하나를 메고 와
오호 달구, 오호 달구 호곡(號哭)을 하며
언 땅에 집 하나를 짓고 있다

죽비가 되겠다는 건지,
몸 베어 날을 세우겠다는 건지
대나무 숲에서는 우―우
뜻 모를 소리 들려온다
살아서 마디마디의 평등한 뜻 이루지 못한

푸른 넋 겨울바람에 부르르
부르르 떨며 헛헛한 하늘을 향해 질러대는
끝도 없이 분분한 아우성 들려온다

죽비를 쳐줄까,
죽창을 세워줄까

낫을 갈아 날을 세운 청죽(靑竹)의 창을 들고
자주 세상, 평등 세상 외치며
서울로 향하던
개남이의 병사들처럼

열차도 정읍 지나 청죽의 마디 같은
칸칸의 희망을 달고 서울로 가고 있다.

— 「정읍 지나며」 전문

　상행선 무궁화호를 타고 시인은 서울로 가고 있다. 대나무 같은 아홉 개의 마디를 추스른 기차가 정읍에 잠시 멈추어 아직 남은 갈 길을 다잡는다. 차창 밖으로는 눈발이 날리고, 그 사이로 사람들 몇이 보인다. 가로로 누운 사람 하나를 메고 그들은 "오호 달구, 오호 달구 호곡(號哭)"을 하고 있다. 누구를 메고 저들은 저리 서글픈 죽음 노래를 부르고 있을까? "언 땅에 집 하나를 짓고 있다"는 시구가 뒤를 따른다. 언 땅을 파고 죽은 이가 머물 집을 만들려는 것일까? 시인은 대나무 숲에서 우─우 들려오는 뜻 모를 소리를 헤아리며 사람들 몇이 벌이는 죽음 의식을 지켜보고 있다. 뜻 모를 소리는 죽비가 되겠다는 소리로 들리기도 하고, 몸 베어 날을 세우겠다는 소리로 들리기도 한다. '죽비'니 '날'이니 하는 시어들이 이들이 벌이는 일의 역사성을 표현한다. 한 맺혀 죽은 이들을 위한 진혼곡이라고나 할까.

살아서 평등한 뜻을 세운 대나무 마디들이 있었다. 그들은 끝내 그 뜻을 이루지 못하고 차가운 땅에 묻혔다. 몸은 사라졌어도 그 뜻이 어찌 사라질 수 있으랴. 그들의 "푸른 넋"은 이맘때가 되면 겨울바람에 부르르 부르르 떨며 헛헛한 하늘을 향해 끝도 없는 분분한 아우성을 질러댄다. 속절없이 허공을 맴도는 아우성이다. 살아 있는 이들이 온몸으로 그 아우성을 받아내지 않으면 지하에서도 눈을 감지 못한 그들은 구천을 떠도는 한 맺힌 영혼이 될 수밖에 없다. 그래 대나무 숲이 나선다. 그들이 내지르는 귀성(鬼聲)을 온몸으로 받아 대나무 숲은 "죽비를 쳐줄까,/죽창을 세워줄까" 아우성을 친다. 죽은 자들이 펼치는 한 맺힌 소리판에 하늘도 눈발을 흩뿌리며 기꺼이 동참한다. 하늘과 대나무 숲이 이리 나서는데, 사람이 되어 어찌 나서지 않을 수 있을까?

시인은 청죽(靑竹)의 창을 들고 자주 세상, 평등 세상을 외치며 서울로 향하던 "개남이의 병사들"을 상상한다. 그들은 마음속에 평등한 세상을 품고 청죽을 높이 쳐들며 힘차게 서울을 향해 발길을 옮겼다. 외세를 끌어들인 권력의 총칼에 맞아 그들은 한 몸 한 몸 저세상으로 발길을 옮겼지만, 그들이 품은 뜻은 지금도 살아남아 지금 이 세상에 두루 퍼져 있다. 자주 세상과 평등 세상은 지금 이 시대를 사는 우리 또한 얼마나 고대하는 세상인가? 당장 일본은 군국주의의 야욕을 점차로 드러내고 있고, 미국은 한반도 위기 상황을 통해 자본 증식을 노리고 있다. 그에 빌붙은 권력은 민중들이 원하는 세상은 무시한 채 자기 잇속을 챙기기에 바쁘다. 정읍에 잠시 머문 열차에 시인은 "청죽의 마디 같은/칸칸의 희망을" 하나 가득 싣는다. 죽비와 죽창으로 무장한 영혼들이 뜨겁게 외치는 자주 세상, 평등 세상을 촛불을 들고 광장에 모인 사람들에게 들려주기 위해서이다.

청죽(靑竹)은 푸른 넋을 온몸으로 표현하고 죽은 이들의 영혼을 상징한다. 청죽은 곧 청춘이 아니던가. 청춘을 나이로만 따져서는 안 된다. 청춘은 푸른 뜻을 품고 세상과 마주한다. 하늘처럼 드넓고 바다처럼 깊고 푸른 뜻을 모르는 청춘은 나이가 어려도 결코 청춘이 될 수 없다. 주영국 시는 무엇보다 이러한 청춘 의식에 깊디깊은 뿌리를 뻗고 있다. 청춘은 배가 고파도 권력에 아부할 줄 모른다. 생래적으로 저항이 몸에 배어 있다고나 할까? 청춘 의식을 버린 사람만이 "질마재의 사유"(「국제정치학의 시」)에 흠뻑 빠질 뿐이다. 질마재 사유를 제창한 서정주는 "피로 물든 권력의 수괴에게까지/단군 이래 두 번째로 잘생긴 미남자라고"(같은 시) 아양을 떨었다. 시가 사라진 자리에 그는 권력을 놓았다. 시적 사유는 권력에 저항하고, 권력을 넘어서는 자리에서 뻗어 나온다. 앞서 말한 "더운 비밀"이 시적 사유의 근원이라고 말하면 어떨까? 질마재의 사유에는 무엇보다 더운 비밀로 들어가는 길이 들어 있지 않다. 우리가 서정주 시를 기릴 수 없는 이유이다.

삶은 달걀을 먹을 때마다
체 게바라 생각에 목이 멘다

볼리비아의 밀림에서 체가 붙잡힐 때
소총보다 더 힘껏 움켜쥐고 있었다는
삶은 달걀 두 개가 든 국방색 반합

밀림에 뜬 애기 달 같은 노른자는
경계를 서던 소년 병사의 팍팍한
꿈을 먹는 것 같아서 더 목이 멘다

혁명도 결국은 살자고 하는 것인데,

삶은 달걀을 먹을 때마다 끝내
반합의 달걀 두 개를 먹지 못하고
예수처럼 정부군에게 죽은 게바라의
살고 싶던 간절한 마음을
먹는 것 같아서 목이 멘다.

─「체 게바라 생각」 전문

　질마재 사유의 맞은편에 시인은 체 게바라를 세운다. 체 게바라는 혁명가이다. 그는 카스트로 형제와 더불어, 전횡을 휘두르던 바티스타 정권을 무너뜨리고 쿠바 혁명에 성공했다. 라틴아메리카에서 제국주의를 몰아내려는 희망으로 그는 볼리비아 혁명을 주도하다 정부군에 체포되어 사형을 당했다. 시인은 삶은 계란을 먹을 때마다 체 게바라 생각에 목이 멘다고 이야기한다. 삶은 계란이 체 게바라와 무슨 상관이 있단 말인가? 볼리비아 밀림에서 체 게바라는 정부군에 붙잡혔다. 그때 그는 "소총보다 더 힘

껫” 삶은 달걀 두 개가 든 국방색 반합을 움켜쥐었다고 한다. 그는 소총을 들고 혁명에 반하는 세력들과 맞서 싸웠다. 의대를 나와 의사 면허증까지 있던 그가 왜 청진기 대신 소총을 든 것일까? 소총보다 삶은 달걀을 더 힘껏 움켜쥔 마음에 그 이유가 나와 있다. 그는 먹고살기 위해 소총을 들었다.

반혁명 세력과 싸우려면 소총이 필요하지만, 궁극적으로 그 소총은 먹고사는 일을 실현하기 위한 도구에 불과했다. 소총만 도구인 게 아니다. 이념 또한 그렇다. 도구인 이념이 목적이 되어버릴 때 혁명 또한 권력을 쟁취하기 위한 도구로 변해버린다. 시인은 “밀림에 뜬 애기 달 같은 노른자”를 보며 “경계를 서던 소년 병사의 팍팍한/꿈”을 상상한다. 삶은 달걀의 노른자는 하늘에 뜬 이념이 아니다. 소년 병사는 배불리 먹는 “팍팍한 꿈”을 실현하기 위해 이념이라는 이정표를 따를 뿐이다. 소년 병사가 꾸던 그 꿈을 우리 또한 마음 깊이 품고 살아왔다. 한때는 성공한 혁명의 꿈에 부풀어 들뜬 가슴을 주체하지 못하기도 했지만, 그것은 봄날 신기루처럼 덧없이 스러졌다. 삶은 계란을 먹으며 시인은 그들이 꿈꾼 세상을 상상한다. 목이 멘다. 그때 그들이 꿈을 꾸지 않았으면 지금 우리는 어떤 세상을 살고 있을까?

시인은 삶은 달걀을 먹을 때마다 끝내 반합에 담긴 삶은 달걀을 먹지 못하고 “예수처럼 정부군에게 죽은 게바라의/살고 싶던 간절한 마음을” 떠올린다. 체 게바라는 삶은 달걀을 마음껏 먹는 삶을 살고 싶었을 것이다. 그러려면 그는 삶은 달걀 하나도 제대로 먹지 못할 혁명 상황에 몸을 던져야 했다. 동학 농민 전쟁에 나선 농민들도 그러지 않았겠는가. 배불리 먹는 삶을 실현하기 위해 그들은 손에 손에 낫을 들고, 죽창을 들고 나섰다. 낫을 들고, 죽창을 들어야만 배를 불릴 수 있는 삶이라는 게 얼마나 서글픈 일인가. 역사는 그렇게 흘러왔다. 낫과 죽창을 들어야 민중들은 그나마 제 목소리를 낼 수 있었다. 권력은 이들을 '폭도'니 '빨갱이'니 하는 말로 규정했지만, 그들은 그에 굴하지 않고 기꺼이 낫을 휘두르고 죽창을 휘둘렀다. 신식 총을 쏴대는 정부군에 맞서 장렬히 죽어갔다.

권력은 민중들이 왜 낫을 들고, 죽창을 들고 싸움터로 나섰는지를 묻지 않는다. 권력은 그저 시뻘건 눈을 빛내며 낫과 죽창을 휘두르는 민중의 모습만 머릿속에 각인시킨다. 그런 그들에게 민중은 폭력을 일삼는 폭도들일 뿐이다. 신식 총을 쏘는 군인들을 향해 낫과 죽창을 들고 달려드는 사람들을 권력은 폭도로 규정하고 무참하게 살육한다. 동학 농민 전쟁 때도 그랬고, 광주 항쟁 때도 그랬다. 그들은 "생존의 밥"(「밥」)을 쟁취하기 위해 목숨을 걸고 전쟁터로 뛰어든 민중들을 들여다보지 않는다. 애기 달 같은 노른자를 보며 팍팍한 꿈을 꾸는 소년 병사의 애달픈 마음을 들여다보지 않는다. 책상에 앉아 시집을 읽는 대신 소총을 들고 경계를 서던 소년은 지금 무엇을 하고 있을까? "소년은/이제 시집을 읽지 않는다."(「목과(木瓜)」)는 시적 진술에 생존하기 위해 광장으로 나서야 하는 민중들의 팍팍한 심경이 담겨 있다.

소망약국 앞
칠순의 노파가 호객을 하고 있다
염소의 늑골 같은 어등산의 뼈대가

시침(時針)을 맞추는 오후 여섯 시
일점오 톤 복사가
시든 배춧단 들어 올리며 시동을 걸자
여자들의 걸음에도 시동이 걸린다

무쇠를 녹여 꿈을 벼리던
꽃불철공소 화덕이 식어들자
보습이며 호미, 쇠붙이들이
닷새 뒤의 좌판으로 물러선다
파장의 기미를 눈치챈
개들이 석양을 걸어 나온다
어물전 귀퉁이를
할당받은 그들에게는
이제부터가 장이 열리는 새벽이다

열무 두 단에 오백 원
자신의 남루한 생까지도 모두
털어버리겠다는 듯
떨이를 외치는 굽은 등 뒤로
소망약국, 파장의 셔터가 내려진다.

　　　　　　　　— 「파장(罷場) — 송정리 시장에서」 전문

　신경림의 「파장(罷場)」을 연상케 하는 이 시는, 소년 병사의 팍팍
한 꿈을 곱씹으며 힘겹게 사는 이 시대 민중들의 삶을 고스란히
담고 있다. 시인은 이 시에서 "염소의 늑골 같은 어등산의 뼈대"를
간신히 곧추세우며 호객을 하는 칠순 노파에 주목하고 있다. 오

후 여섯 시, 파장 시간에 맞춰 노파는 "자신의 남루한 생까지도 모두/털어버리겠다는 듯" 떨이에 나선다. 닷새마다 열리는 장날이지만, 정작 장날에는 사람들이 모이지 않는다. 장날의 쓸쓸한 풍경이 허리 굽은 할머니가 살아온 인생 역정을 그대로 보여준다. 장날이면 어김없이 시장을 메운 그 많은 사람들은 어디로 간 것일까? 모두 꿈을 찾아 도시로 떠나고, 나이 든 노인들만 모여 장을 연다. 떨이를 외쳐야 그나마 사려는 여자들이 몰려든다. 이심전심, 정을 나누던 장터는 사라진 지 오래다. 시장은 말 그대로 돈을 내고 물건을 사는 교환 장소가 되어버렸다.

오후 여섯 시가 되면, 무쇠를 녹여 꿈을 벼리던 꽃불철공소 화덕도 서서히 식어든다. 장터에 나온 사람들은 이제 집으로 돌아갈 시간이다. 장이 끝나는 기미를 눈치챘는지 석양빛을 받은 개들이 어슬렁어슬렁 어물전 귀퉁이로 모여든다. 개들에게는 "이제부터가 장이 열리는 새벽이다"라고 시인은 쓰고 있다. 사람으로 사는 삶이나, 개로 사는 삶이나 먹어야 산다는 점에서는 다를 게 없다. 열무 두 단을 오백 원에 판 노파는 집으로 돌아가 밥 먹을 준비를 하고, 석양녘을 애타게 기다린 개들은 배를 불리기 위해 어물전 귀퉁이로 한 마리 한 마리 기어든다. 노파도 먹어야 살고, 개도 먹어야 산다. 막강한 권력을 지닌 사람도 먹어야 살고, 돈이 많아 감당이 안 되는 부자들도 먹어야 산다. 먹어야 사는 생명의 세계인데도 먹고 사는 일이 왜 이리도 팍팍한 것일까?

「피라미처럼」이라는 시에서 시인은 "내 피라미 같은 생의 이야기"와 피라미 같은 생을 보며 깔깔대는 "검고 큰 차에서 내린 사람들"을 대비적으로 표현하고 있다. 피라미 같은 생들은 이리 치이고 저리 휘둘리는 삶을 운명처럼 산다. 열무 두 단에 오백 원을 외치는 칠순 노파는 닷새 후에도 같은 자리에서 열무 두 단에 오백 원을 외칠 것이다. 먹고사는 일이란 이런 것이다. 가난한 이들은 오늘 한 일을 내일 반복해야 내일 먹을 식량을 마련할 수 있다. 숱한 사람들이 총을 들고 자주 세상, 평등 세상을 외쳤는데 왜 세상은 이리도 변하지 않는 것일까? 검고 큰 차를 굴리는 사람들의 저열한 욕망 때문일까? 그들이 사라지면 칠순 노파는 더 이상 열무 오백 원을 외치지 않아도 되는 것일까? "파장의 셔터"를 내리지 않아도 되는 것일까? 피라미로 치이고 휘둘리는 삶을 되풀이하지 않아도 되는 것일까?

산월동 보훈병원 302호실
노란 알약을 삼킨 날개 다친 새들에게
마지막 처방전을 써준 김 원장이
사직원의 파지에 새를 그리고 있다
　　　　　　　　　　　—「새점을 치는 저녁」 부분

대주아파트 옆 외진 공터에
분홍색 봄 이불 한 채 버려져 있다
누군가의 마지막 몸을 추억하며
입동의 바람 앞에 웅크리고 있다
　　　　　　　　　　　—「봄 이불 한 채」 부분

우리는 옥상에 모여
아파도 웃으며, 헤죽헤죽 웃으며

오늘 노을 참 곱다며
오늘 어디 물 좋은 데 없냐며
가망 없는 농이나 주고받으며
허방세상을 붙들고 있다

          — 「허방세상 낙조」 부분

 주영국 시에는 파장이 된 인생들이 이곳저곳에 나타난다. 지금은 별 볼 일 없는 인생들이지만, 그들은 그 누구보다 열심히 삶을 살았다. 그저 열심히 살아왔을 뿐인데, 누구는 지금 통증에 시달리고, 또 누구는 공터에 버려진 채 추억을 되씹고 있으며, 또 누구(들)는 옥상에 앉아 몸이 아파도 헤죽헤죽 웃으며 허방세상을 붙들고 있다. 아무것도 붙들 수 없는 세상이다. 통증이 심한 사내는 의사가 챙겨준 노란 알약을 바닥에 흘리고도 모른다. 하긴 노란 알약을 먹는다고 통증이 사라지겠는가. 입동의 바람을 웅크린 몸으로 받아내는 분홍색 봄 이불 한 채는 어떤가? 봄 이불에서 느껴지던 신혼의 단꿈은 시간이 흐르면서 차가운 바람 앞에 내몰렸다. 저 이불을 덮고 아내와 더불어 꾸었던 봄날의 꿈은 지금 얼마나 실현이 되었을까? 꿈은 그저 꿈으로 남고, 추억은 그저 추억으로 남는 것이라지만, 그것만으로 지나간 시간을 갈무리하는 건 참으로 힘들어 보인다.

 삶이 하도 팍팍해 새점을 쳐도 "난독의 말줄임표들"(「새점을 치는 저녁」)이 점점 찍혀 있을 뿐이다. 새점이나 노란 알약이나 무엇이 다를까? "노란 알약을 삼킨 날개 다친 새들"에게 인생은 어차피 난독(難讀)으로 다가올 수밖에 없다. 오후 여섯 시가 되면 떨이를 외치며 파장을 선언하는 할머니처럼, 가난한 민중들은 허방세상이 내주는 지푸라기 하나를 간신히 잡고 묵묵히 자기 앞에 펼쳐진 시간을 산다. 허방세상이 눈앞에 번히 보이면서도 민중들은 노을이 참 곱다는 말을 허투루 내뱉지 않는다. 허방세상 너머로 진 해는 "비밀의 화장터"(『허방세상 낙조』)에서 몸을 태운다. 무언가가 탄 자리에서야 무언가가 다시 살아나는 법이다. 노을 진 하늘을 뒤덮은 붉은 뼛가루는 지금 당장은 어둠을 맞이하기 위해 빛나고 있지만, 다음 날 아침이면 밤새 모든 것을 태운 그 힘으로 어둠을 몰아내는 빛을 어김없이 발산할 것이다.

허방세상에 떠오른 햇빛이라는 걸 알면서도 사람들은 묵묵히 자리를 털고 일어나 하루를 준비한다. 오늘도 서울 큰 병원에서 아픈 울대를 잘라낸 사내는 "콘도르여 콘도르여, 나를/안데스의 고향으로 데려가주오"(『엘 콘도르 파사』)라고 노래할 것이고, 동네 저수지 물을 먹은 아이들은 들소가 되어 구름 같은 삶(『들소』)을 살려고 할 것이다. 그리던 고향으로 가든, 들소 구름이 되어 세상을 떠돌든 햇살이 따사로이 비치는 이 세상이 허방세상이라는 것은 달라지지 않는다. 봄바람은 겨울나무를 흔들어 깨우기 마련이고(『봄바람 봄 나무』), 한번 핀 꽃은 반드시 떨어지기 마련(『떨어진 꽃들』)이다. 가난에 찌든 민중들은 그 누구보다 자연의 이런 이치를 안다. 자연의 이치를 알기 때문에 그들은 지금 사는 이 한 생이 얼마나 소중한지도 안다. 앞날이 보이지 않는 난독에 시달리면서도 곱게 핀 노을을 노래할 줄 아는 이 마음은 얼마나 아름다운가.

큰집 뒤안의 오래된 우물

벼락 맞은 대추나무 옆
밤에는 두런두런 도깨비들이 살았다
할머니가 우물을 떠난 뒤에도
유월 유두만 되면 도깨비들이
머리를 풀고 머리를 감으며
사람들의 흉을 보았다

툭, 우물 속으로 떨어지는
대추알이 굵어지면
두레박의 물 긷는 소리도 깊어지는데,
대문을 열고 뒤안으로 돌아가면
대추를 따던 유년이 돌아 나온다
아버지의 아버지의 유년도 따라 나온다

대추 한 알이 우물 안 구름 속으로
툭, 떨어질 때마다
마른 우물의 물씨가 터지며
허방세상을 구경하고 돌아온
도깨비들의 이야기가 밤새 이어진다.

— 「오래된 집」 전문

오래된 집에는 도깨비들이 산다. 오래된 집만큼이나 오래된 도깨비들이다. 할머니가 우물을 떠난 뒤에도 도깨비들은 유월 유두만 되면 나타나 사람들의 흉을 본다. 어린 시절 듣던 그 소리가 그리워 시인은 대문을 열고 뒤안으로 돌아간다. 뒤안에는 오래된 우물이 있다. 대추알이 굵어지는 시절이 오면 두레박으로 물 긷는 소리 또한 깊어졌다. 그 또한 오래된 도깨비의 장난이었을까? 대추를 따던 유년을 떠올리며 시인은 "허방세상을 구경하고 돌아온/도깨비들의 이야기"를 밤새 듣는다. 굵은 대추 한 알이 우물 안 구름 속으로 툭, 떨어질 때마다 도깨비는 마른 우물의 물씨를 터뜨리며 지금은 추억이 되어버린 이야기들을 하나하나 찬찬히 들려준다. 할머니가 나오고, 아버지가 나오고, 어머니가 나오고, 형이 나온다. "푸른 옷의 수인 번호 0617"(「아내의 푸른 손」)에게 영치금을 넣어주던 아내도 나온다.

아주 오래전, 월남에서 돌아온 형은 "남국행 비행운 가리키며 이국의/방언을 중얼거"(「어머니의 단층집」)렸다. 열병에 시달린 형은 시인이 기르던 토끼의 간을 먹고도 병을 이기지 못했다. 언젠가부터 형이 중얼대던 낯선 방언을 어머니가 대신했다. 어머니는 문패도 없는 형의 집을 손질하면서, 꽃샘추위에 날아온 꽃잎 하나가 다칠세라 치마로 받아들었다. 한 사람이 간 자리에 다른 사람이 남아 숨을 죽여 울고 있다. 이국땅에서 병을 얻은 형은 「아내의 푸른 손」에서는 푸른 수의를 입은 남편의 형상으로 변주되어 나타난다. 아내는 "파도에 목을 매지만 말라고 했다". 산 사람은 어떻게든 만나게 되어 있다. 남편은 묵묵히 아내의 말을 듣는다. 지금은 그저 이 삶을 견뎌야 한다. 바다의 바닥에서 아내와 만나 이때까지 살아온 인생이다. 이 정도 고난쯤은 삶의 훈장쯤으로 여기고 살아갈 뿐이다.

「망운의 설(雪)」을 보면, "몇 번이나 중심을 잃고/다시 몇 번을 넘어지면서도/생의 바닥은 보지 말라고" 말하는 아버지가 나온다. 중심을 잃고 넘어지는 것은 괜찮다. 다시 일어나면 되니까. 하지만 생의 바닥으로 떨어지면 더 이상 일어설 수 있는 용기를 낼 수 없다. 바닥까지 갔으니 차고 올라오면 된다고 누군가는 말하지만, 그것은 바닥을 보지 못한 사람이 부리는 만용일 따름이다. 아버지는 몇 번이나 중심을 잃고 쓰러지면서도 생의 바닥을 들여다보지 않으려고 했다. 시인은 지금 아버지의 인감도장(「아버지의 도장」)과 마주하고 있다. 주인이 간 지 오래여도 인감도장은 생피처럼 붉은 몸을 자랑하듯 드러내고 있다. 한때는 주인을 대신했을 도장이 이제는 아버지가 되어 시인에게 생의 바닥을 보지 말라는 말을 다시 전한다. 허방세상을 살아도 지켜야 할 법칙은 어김없이 있는 법이다.

시인은 마흔에 홀로 된 칠순의 어머니와 마늘 씨를 벗기며 "검은 머리 파뿌리 되도록/행복을 다짐시키던/젊은 아버지"의 사진을 들여다보고 있다. 젊은 아버지는 젊은 모습 그대로 액자에 담겼고, 아버지보다 나이를 더 많이 먹은 시인은 칠순의 어머니와 함께 흐르는 시간을 살고 있다. 사진 속 아버지는 시간을 살지 않으므로 여전히 젊다. 사람 좋은 웃음을 짓고 있는 이 젊은 아버지를 칠순의 어머니는 어떤 마음으로 들여다보고 있을까? 할머니에서 어머니, 그리고 아내로까지 이어지는 신고(辛苦)한 가족사를 들려주며 시인은 이 집안 남자들의 삶에 드리워진 고달픈 삶의 흔적들을 이야기한다. 이 집안 남자들만 그렇게 산 게 아니다. 이 집안 여자들도 그리 살았고, 또 다른 집안의 남자들과 여자들도 그리 살았다. 가난한 민중들이 살아온 보편사가 시인의 가족사에는 그대로 스며들어 있다고나 할까.

나비는 가까운 사람의
영혼이라던
할머니가
우물가에 심어놓은
배롱나무
달도 차면 기운다더니
백일홍도
백 일을 넘기지 못하고 졌다

할머니는
팔월에
나비가 되었다

나 가더라도
꽃 핀 가지는 자르지 마라

배롱나무 가지에서
먼저 핀 꽃들이 지고

나비가 앉았던 자리의 꽃잎이었는지
할머니의 무덤 쪽으로 날아갔다.

—「배롱나무 꽃」전문

주영국의 시는 할머니의 오래된 기억과 깊디깊게 이어져 있다.
집안 남자들이 허방세상을 떠돌며 하나하나 이 세상을 등질 때도
할머니는 묵묵히 도깨비들의 이야기를 들으며 '오래된 집'을 지

컸다. 할머니는 늘 나비를 가까운 사람의 영혼이라고 이야기했다. 팔월에 이 세상을 떠나 나비가 된 할머니는 "나 가더라도/꽃 핀 가지는 자르지 마라"는 유언을 남겼다. 꽃 핀 가지는 나비가 머무는 자리이다. 살아서 할머니는 나비를 가까운 사람의 영혼으로 대했고, 죽어서 할머니는 스스로 나비가 되어 꽃이 핀 배롱나무를 찾아들었다. 배롱나무 가지에서 떨어진 꽃잎들이 할머니 무덤 쪽으로 날아간다. 배롱나무 꽃들은 할머니가 나비가 되어 무덤 속에 묻힌 걸 알고 있는 것일까?

할머니가 죽어 나비가 되는 세계는 삶과 죽음이 나누어지지 않은 세계이다. 달도 차면 기우는 게 진실이라면, 기운 달은 다시 차오르는 것 또한 진실이다. 사람의 생이란 게 어디 삶으로만 이루어지던가. 「부고의 자리」에 드러나는 대로 삶이 이루어지는 장소에는 늘 '부고의 자리'가 있기 마련이다. 부고의 자리는 그 누구도 피할 수 없다. 할머니가 이곳에서 나비가 되었듯, 시인 역시 언젠가는 그곳에 들어가 나비로 변태되는 과정을 겪을 것이다. 삶은 죽음으로 흘러가지만, 또한 삶은 죽음을 넘어 다시 삶으로 돌아오는 법이다. 해마다 배롱나무에 꽃이 피면 죽어 나비가 된 할머니도 어김없이 나타난다. 고단한 삶에 지친 사람들에게 달도 차면 기우는 자연 이치를 가볍지만 묵직한 날갯짓으로 보여주고 들려주기 위해서이다.

생명들 저마다는 "더운 가슴"(「모든 꽃의 이름은 백일홍이다」)을 마음 깊이 간직하고 있다. 제비가 더 이상의 봄을 물어 오지 않고(「부고의 자리」), 살아봐야 빚만 쌓이는 삶에 상심한 길만이 형이 음독 자살을 해도(「길만이 형」), 때가 되면 기어이 생명들은 더 푸르게 피어

나는 법이다. 주영국의 시안(詩眼)은 무엇보다 푸르게 피어나는 생명들로 뻗어 나가고 있다. 그는 체 게바라가 소총보다 더 힘껏 움켜쥔 삶은 달걀 두 개를 마음에 담고 시를 쓴다. 삶은 달걀은 새로운 세상을 열망하는 사람들의 마음에 '더운 기운'을 불어넣는다. 누군가는 끝내 먹지 못한 삶은 달걀을 누군가는 눈물겨운 마음으로 천천히 입에 넣는다. 어느 날부터 시집을 읽지 않던 소년(「목과(木瓜)」)이 이제 다시 시를 읽고 시를 쓰는 까닭은 여기에 있다. 시를 쓰는 일이 그에게는 눈물겨운 생존의 밥을 먹는 일과 다르지 않다. 시작(詩作)이 곧 생존이 되는 삶을 시인은 여실히 실천하고 있는 것이다.

吳弘鎭 | 문학평론가

푸른사상 시선 113

새점을 치는 저녁